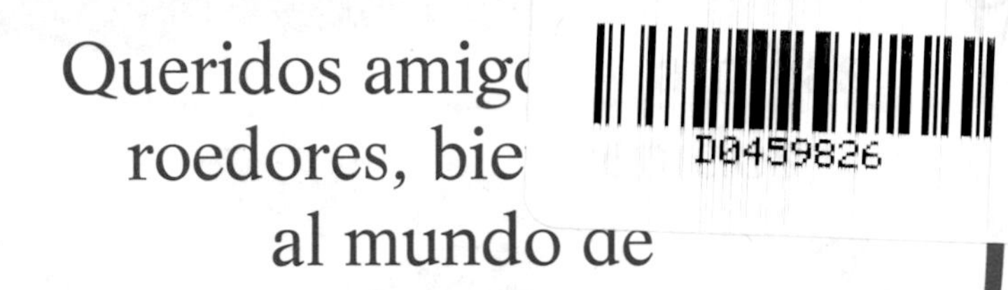

Queridos amigo
roedores, bie
al mundo de

TENEBROSA TENEBRAX

Escalofriosa
Sobrina preferida de Tenebrosa.
Tenebrosa Tenebrax
Periodista del Valle Misterioso, resuelve misterios con Nosferatu, su inseparable murciélago doméstico.
Nosferatu
Abuelo Ratonquenstein
Científico despistado, experto en momias egipcias.
¡OS PRESENTO A LA FAMILIA TENEBRAX!
Abuela Cripta
Apasionada de las arañas, posee una tarántula gigante llamada Dolores.
Ñic y Ñac
Gemelos latosos, expertos en informática.
Kafka
Cucaracha doméstica de la Familia Tenebrax.

Fantasma que mora en el Castillo de la Calavera.

Adoptado con amor por la Familia Tenebrax.

Mayordomo de la Familia Tenebrax. Esnob de los pies hasta la punta de los bigotes.

Ama de llaves de la familia. En su moño cardado anida el canario licántropo.

Cocinero del Castillo de la Calavera, sueña con patentar el «Estofado del señor Giuseppe».

Papá de Tenebrosa, dirige la empresa de pompas fúnebres «Entierros Ratónicos».

Planta carnívora de guardia.

Geronimo Stilton

ESCALOFRÍOS EN LA MONTAÑA RUSA

DESTINO

Textos de Geronimo Stilton
Inspirado en una idea original de Elisabetta Dami
Cubierta de Giuseppe Ferrario *(lápiz y tinta china)* y Giulia Zaffaroni *(color)*
Ilustraciones interiores de Danilo Barozzi *(lápiz y tinta china)* y Giulia Zaffaroni *(color)*
Mapa: Archivo Piemme
Diseño gráfico de Yuko Egusa

Título original: *Brividi sull'ottovolante*

Destino Infantil & Juvenil
infoinfantilyjuvenil@planeta.es
www.planetadelibrosinfantilyjuvenil.com
www.planetadelibros.com
Editado por Editorial Planeta, S. A.

Primera edición: mayo de 2014
ISBN: 978-84-08-12838-0
Depósito legal: B. 6.697-2014
Impresión y encuadernación: Unigraf, S. L.
Impreso en España - Printed in Spain

El papel utilizado para la impresión de este libro es cien por cien libre de cloro y está calificado como **papel ecológico**.

TERROR EN LA BARBERÍA

Era una espléndida y cálida mañana de **PRIMAVERA**. El sol me calentaba agradablemente el pellejo, mientras me dirigía a paso rápido hacia la BARBERÍA. Disculpad, aún no me he presentado. Mi nombre es Stilton, *Geronimo Stilton*, y dirijo *El eco del Roedor*, el periódico más famoso de la Isla de los Ratones.

Pues bien, como iba diciendo, aquella maravillosa mañana, al mirarme al espejo, noté que necesitaba, con mucha urgencia, un buen corte en las puntas de los bigotes. Por eso me dirigí, de inmediato, a la barbería de Hortensio Trespelos. Entré y solamente vi un asiento libre en la sala de espera. Me senté en seguida y esperé mi turno con paciencia. Entonces, observé con muchísima admiración a Trespelos, que manejaba las TIJERAS con gran soltura y una maestría que me recordaba la de un director de orquesta con su **BATUTA**.

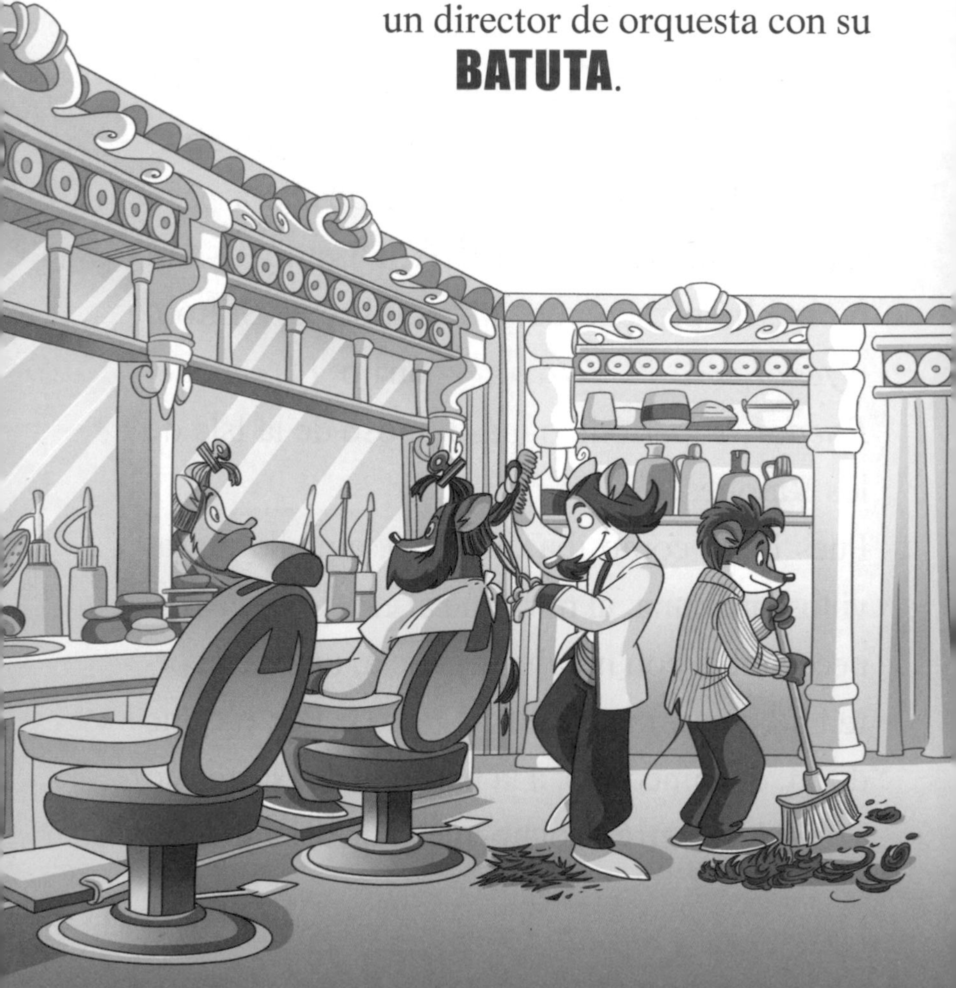

Cada vez que terminaba un corte, lo examinaba con ojo **CRÍTICO** y exclamaba:

—¡MAGNÍFICO! ¡SUPERRATÓNICO!

La barbería me recordaba a mi última aventura en el **VALLE MISTERIOSO**, cuando tuve que enfrentarme a…

De pronto, vi que asomaba por el revistero una pata de uñas afiladas y luego otra.

—¡AAAAAAHHHHHH!

—grité atónito.

Luego aparecieron unas alas y entonces me di cuenta de que era Nosferatu, el murciélago doméstico de Tenebrosa Tenebrax.

—Siempre intentas ASUSTARME, ¿verdad?

—protesté en voz baja.

Nosferatu se rió y me lanzó al cráneo unas hojas enrolladas con una cinta morada.

—¡AY! Ten cuidado, me has hecho daño —me quejé.

Pero el murciélago me ignoró y voló hacia la puerta.

—Pero ¿qué es esto? —le pregunté, antes de que se marchara.

—Pues ¿qué va a ser? ¡La **NUEVA** novela de Tenebrosa, tontorrón! —gritó Nosferatu, desapareciendo en el cielo.

—¡TIENES QUE PUBLICARLA YAAAAAAAA!

Aún había muchos clientes delante de mí, tenía tiempo de leer el libro de mi amiga Tenebrosa.

Al abrirlo, vi que se trataba precisamente de la aventura en la que yo estaba pensando hacía un minuto. ¡Qué **extraña** coincidencia!

—¿Por qué no lee el libro en voz alta? —me propuso Trespelos—. De este modo podremos darle nuestra opinión.

No me lo hice repetir y empecé con el título:

—Brrr... **ESCALOFRÍOS EN LA MONTAÑA RUSA**.

—¡Magnífico! ¡Superratónico! —aprobó entusiasmado el barbero.

ESCALOFRÍOS
EN LA MONTAÑA
RUSA
TEXTO E ILUSTRACIONES DE
TENEBROSA TENEBRAX

PROHIBIDO DORMIR

Las últimas **SOMBRAS** de la noche se resistían a abandonar Villa Shakespeare y Geronimo, que había llegado hacía unos días a

Lugubria, aprovechaba para seguir escribiendo la enciclopedia de 754 volúmenes sobre la historia de los fantasmas de la villa, tal como le había prometido a su estimada amiga Tenebrosa.

Había permanecido, sin pegar ojo, toda la noche sentado al escritorio y ahora estaba muy CANSADO.

Con las primeras luces del alba, el escritor se fue a dormir, al igual que los trece fantasmas, que habían pasado la noche limpiando, como siempre.

En cuanto Geronimo cerró los ojos, un acceso de TOS lo sobresaltó.

—¿Qui-quién… an-anda ahí? —gritó y encendió la luz.

El mayordomo fantasma Excelso de Snobis, lo MIRÓ por encima del hombro.

—¿Qué pasa, Excelso? ¿Por qué sigues en PIE a estas horas?

—Señor Stilton, acababa de DORMIRME cuando inesperadamente han llamado a la puerta principal.

—¿Y a quién se le ocurre LLAMAR tan tarde? —suspiró agobiado, Geronimo.

Excelso torció la boca en una mueca y respondió:

—Tres pesadas… ejem… quiero decir… tres damas ratonas con un acompañante muy raro, que ha dejado HUELLAS por todas partes con sus mil zapatos…

—*¡Por mil quesos de bola!* ¡Son las trillizas RATTENBAUM y Andrés, su enorme CIEMPIÉS de compañía! —grité muy nervioso, ocultando la cabeza bajo las sábanas—. Excelso, diles que he ido a BAÑARME al Pantano Fangoso… O, mejor, a escalar el Pico Amarillo.

—Ejem… el nombre es Pico Alarido, señor —lo corrigió el FANTASMA.

—Da igual. Invéntate lo que sea, con tal de que se vayan.

El mayordomo DESAPARECIÓ a través de la pared y Geronimo suspiró aliviado al oír el sonido del COCHE de las trillizas, que se iba zumbando.

—Ahora, ¡por fin voy a poder DORMIR!

Apagó la luz, pero en cuanto recostó la cabeza en la almohada, algo le dio unos GOLPECITOS en la frente.

—Deshazte de ellas, Excelso, diles que no estoy —gruñó, VOLVIÉNDOSE hacia el otro lado sin abrir los ojos.

Nada. Alguien le dio un golpe más fuerte para despertarlo del todo.

—chilló desesperado, Geronimo—. ¿Qué pasa? ¿Hay un TERREMOTO? ¿Una INVASIÓN? ¿Un INCENDIO?

Delante de él, Tenebrosa sonreía. Junto a ella estaba Escalofriosa, mientras Nosferatu volaba de un lado a otro de la habitación.

—¡DESPIERTADESPIERTADESPIERTA!

—gritó alegremente el murciélago.

—¡Despierta, gandul! Ya es de día y fuera hace un deliciosamente plúmbeo día, que amenaza con transformarse en una gran TORMENTA —dijo Tenebrosa muy alegre.

¡Levántate, Geronimucho!

—Tenebrosa, déjame DORMIR, por favor —le pidió Geronimo, cerrando de nuevo los ojos—. He trabajado toda la noche...

Pero la chica no le hizo ni caso.

—¡Ni hablar, Geronimucho! ¡Hoy está prohibidísimo dormir! Porque se celebra la GRAN FERIA.

El tono de Tenebrosa no admitía réplica y Geronimo comprendió que no tenía alternativa.

—¿Qué feria? —preguntó, mientras se levantaba TAMBALEÁNDOSE.

—Ya te lo explicaré luego —exclamó Tenebrosa—. ¡Anda, **DATE PRISA**! ¡Vas a paso de tortuga!

Todo el mundo a la Gran Feria

Geronimo subió al **TURBOLAPID**, el descapotable de Tenebrosa, y la roedora encendió el motor.

—¿Adónde **VAMOS**? —preguntó Geronimo, bostezando.

—Vamos a **LUGUBRIA** —respondió Escalofriosa, muy animada, desde el asiento trasero—. La Gran Feria se celebra allí. Ya verás, irán **TODOS**.

—¿Puedo saber de qué Gran Feria estáis hablando? —saltó Geronimo.

—Uf, Geronimo —resopló Tenebrosa—, parece mentira que estés siempre tan mal informado... ¡eres periodista! Nos referimos a la

GRAN FERIA DE LOS HORRORES. Cada año, los habitantes de Lugubria exponen sus inventos más **TERRORIFÍCOS**. Será para morirse de miedo, ya lo verás.

—**¡Genial!** —comentó Escalofriosa, muy contenta.

—**¡SNIFF!** —se limitó a suspirar profundamente, Geronimo.

—Ya hemos llegado —anunció Tenebrosa, aparcando en una explanada.

Una **PANCARTA** gigante indicaba la entrada a la feria.

Geronimo intentó irse, pero Tenebrosa lo cogió de una pata:

—¿Por qué **HUYES**, Geronimucho?

—Porque su-sufro ataques de CANGUELO —balbuceó, pero no le sirvió de nada.

La ciudad estaba irreconocible: roedores de todas las edades recorrían las calles en busca de sus horrores favoritos, entre **GRITOS DE ENTUSIASMO** y **SUSPIROS DE ESTUPOR**.

Tenebrosa se abrió paso entre la multitud:

—Vamos a la caseta de los **TENEBRAX**.

—¿También participa vuestra familia? —preguntó Geronimo con curiosidad.

—¡Pues claro! —respondió Escalofriosa—. Están todos. Cada uno con una atracción... **¡DE MIEDO!**

Mayordomo salió a recibirlos, con su inexpresividad habitual.

—Bienvenidas, señoritas. Hum, vienen con el escritor...

¡Qué peste!
¡Qué delicia!

—El escritor TONTORRÓN, palabra de Nosferatu —precisó el murciélago doméstico de la Familia Tenebrax.

—¿Dónde están los demás? —preguntó Tenebrosa Tenebrax.

Mayordomo hizo una reverencia.

—Los acompaño. Están aquí.

A los pocos pasos, llegaron a la primera casc-ta de la familia.

—Aquí está el señor Giuseppe y su incomparable **Estofado Especial** dc la Feria, a base de extracto de calcetines fétidos, servilletas sucias, una pastilla de gusano putrefacto, esencia de trucha rancia y lágrimas de sanguijuelas gigantes.

—¡Se me hace la boca **AGUA**! —aplaudió maravillada Tenebrosa.

A continuación, estaban Ñic y Ñac, con un mostrador lleno de artículos de broma.

Tenían también un cartel.

—Hola, tía —saludaron los gemelos latosos—. ¿Te gustaría probar nuestro espeluznante **RIZABIGOTES**?

—Ni hablar —contestó ella—. Se ve claramente que no es un rizabigotes.

—**¡UF!** ¡Tú nunca picas!

Mayordomo condujo al grupo hasta la caseta del **Melodrama Escabroso**, donde Madam Latumb y Caruso, el feroz canario licántropo que vive en su moño, hacían las delicias del público con célebres arias de ópera.

El ama de llaves de la Familia Tenebrax cantaba con todo el **SENTIMIENTO**:

—*¡Ve, ratoncito, con tus patas doradas, ve a posarte sobre un quesito blanditoooo!*

—¡MUY BIEN!

—¡ESTUPENDO!

—¡ESTREMECEDOR!

Todos los espectadores estaban entusiasmados… excepto Geronimo. Los gustos musicales del Valle Misterioso eran demasiado RAROS para sus oídos.

¡ACHÍS!

En la caseta siguiente estaba la Abuela Cripta y era una de las más VISITADAS de la feria. En su interior había un pequeño TEATRO, donde una multitud de arañas, con Dolores en primera fila, bailaban una danza desenfrenada sobre zancos hechos con HUESECILLOS.

En el escenario también estaba Kafka, la cucaracha doméstica, que seguía el ritmo de la música, moviendo velozmente sus pequeñas ANTENAS.

—¡Abuela, has tenido una idea extraordinariamente FUNESTA! —la felicitó con gran júbilo, Escalofriosa.

—¡*Gracias, querida!* —sonrió la abuela, ruborizándose—. Llevan muchísimo tiempo ensayando.

Y eso no era todo. En el Rincón de los *Poetas Fúnebres*, Entierratón estaba a punto de recitar su última composición espectral, titulada **EL RATÓN AGONIZANTE**. El grupo se detuvo a escucharlo, en un respetuoso silencio.

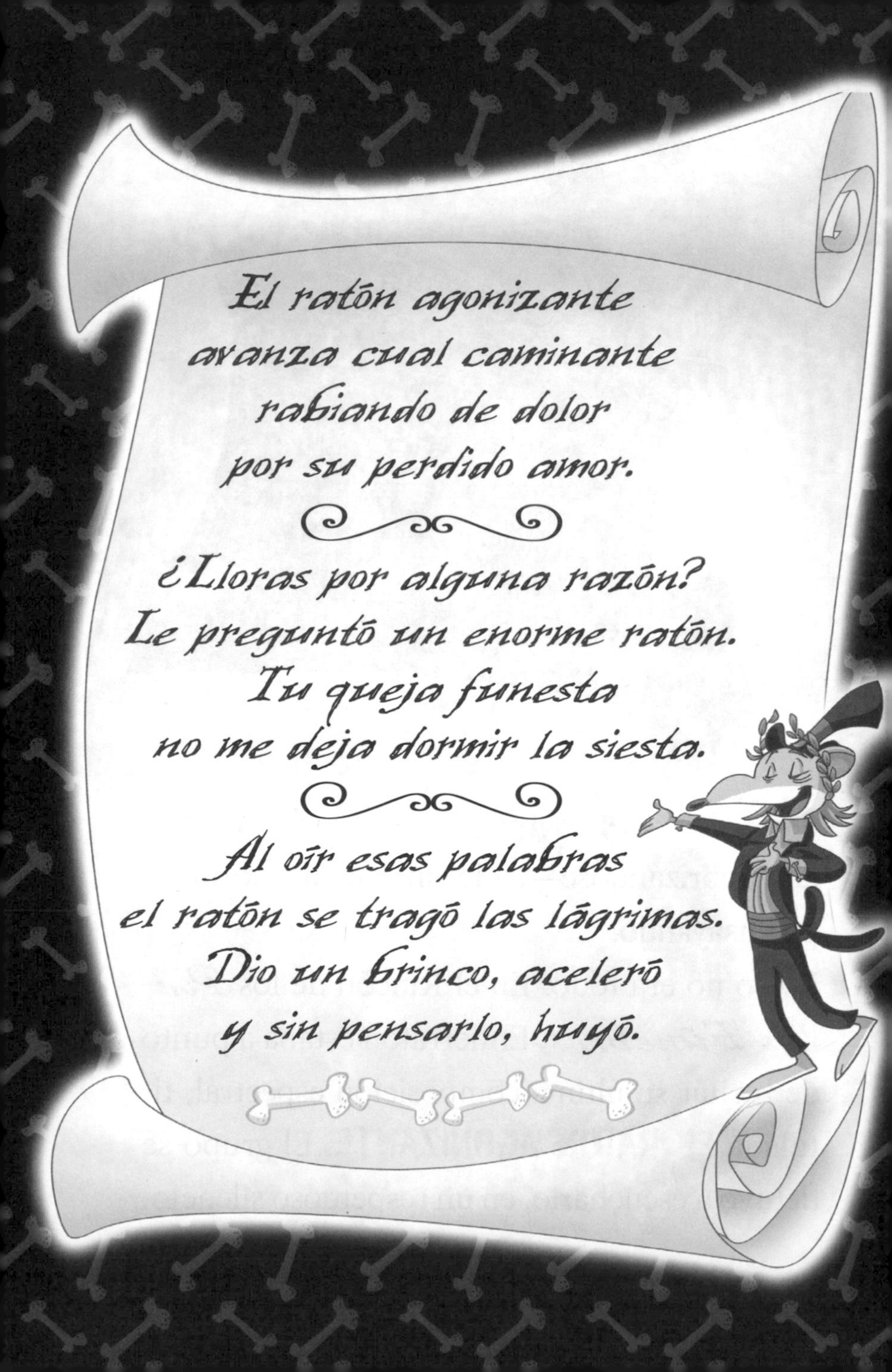
El ratón agonizante
avanza cual caminante
rabiando de dolor
por su perdido amor.
¿Lloras por alguna razón?
Le preguntó un enorme ratón.
Tu queja funesta
no me deja dormir la siesta.
Al oír esas palabras
el ratón se tragó las lágrimas.
Dio un brinco, aceleró
y sin pensarlo, huyó.

—¡Eres el más **REPUGNANTE** de todos, querido papá! —lo aclamó Tenebrosa.

La última caseta de la Familia Tenebrax era la del Abuelo Ratonquenstein, con su colección de **MOMIAS** arrugadas.

En la entraba había un cartel:

OBSEQUIAMOS A LOS VISITANTES CON UN PEQUEÑO INVENTO

—¿De qué INVENTO se trata, abuelo?

—Acércate —rió el profesor.

Tenebrosa dio un paso adelante, el abuelo le abrió enfrente de las narices una CAJITA y...

¡ACHÍS!

ZOMBIE PARTY
LAS MOMIAS ARRUGADAS
¡Je, je!
Pero... ¿qué es...?
¡Increíble!

Tenebrosa estornudó tres veces seguidas. Al primer estornudo, se formó una nubecilla luminosa de color MORADO, al segundo se formó una nubecilla VERDE, al tercero una ROJA.

—¡Es polvo de LUCIÉRNAGAS FÓSILES! —explicó el abuelo, muy orgulloso.

—¡INCREÍBLE! —cxclamó Escalofriosa, riendo.

Pero el abuelo le pidió que se callara.

—¡CHIST, NIETA! —susurró con aire desconfiado—. El enemigo nos escucha.

—¿Qué enemig…? —preguntó Tenebrosa, asomándose a MIRAR en la siguiente caseta—. Oh, ya comprendo, te refieres a Amargosio Rattenbaum.

UN ESTORNUDO DE MÁS

Amargosio estaba de pie delante del pequeño teatro y miraba a su alrededor en busca de público.

En una pata sostenía una LENTE de aumento. Cuando vio a Geronimo, lo saludó efusivamente.

—¡Ah! El famoso periodista de Ratonia. Usted es el pretendiente IDEAL para mis adorables nietas. ¿Cómo está, señor *Stolton*?

—Se llama S-T-I-L-T-O-N y no quiere NADA de sus nietas —replicó Tenebrosa, muy enfurruñada.

Amargosio se encogió de hombros y siseó bastante rabioso:

—¡Ah, estos TENEBRAX! Qué mala suerte estar a su lado...

—¿Y usted qué expone, señor Amargosio? —le preguntó Geronimo—. Su teatro parece VACÍO.

—No está vacío —rió el otro—. ¡Queridísimo, le presento el Gran Espectáculo de los Piojos Acróbatas!

Geronimo volvió a mirar el pequeño teatro y se sonrojó:

—Pues yo no ve-veo NA-NADA...

—¡Claro que no! —saltó Amargosio—. Los piojos son **INVISIBLES**, al menos a simple vista. Hay que utilizar esto.

Amargosio le tendió la LENTE de aumento y Geronimo se inclinó sobre la mesa.

En ese momento apareció Tenebrosa con la CAJITA del abuelo entre las patas.

—¡Geronimucho! Todavía no has jugado con el nuevo INVENTO del abuelo —exclamó, acercando la cajita al morro de su amigo.

—No, Tenebrosa. Soy ALÉRGICO a tod... —intentó protestar Geronimo.

Pero era demasiado tarde.

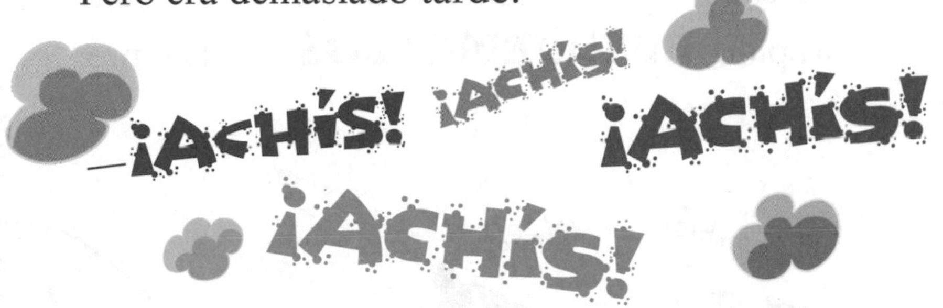

Aparecieron en secuencia cuatro nubecillas: una fucsia, una azul, otra verde y, por último, una naranja.

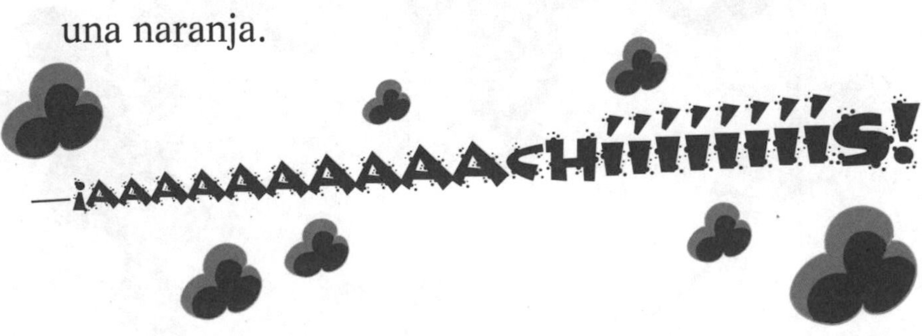

El último estornudo, acompañado de una **NUBECILLA** roja, fue tan fuerte que Geronimo se cayó de espaldas. Y, al caer, DERRIBÓ el pequeño teatro de Amargosio, dispersando todos los piojos.

—¡Jijiji! ¡Tontorrón! —se burló Nosferatu.

—¡NO! ¡Mis PIOJITOS! —gritó Amargosio, desesperado—. ¿Quién sabe dónde estarán? Rápido, **BUSQUÉMOSLOS** con la lente.

Geronimo miró la lente **DESOLADO**. Al caerse, el cristal se había hecho **AÑICOS**.

—¡Lo has hecho adrede! —le dijo Amargosio a Tenebrosa—. Eres una serpiente **VENENOSA**, como toda tu familia.

El Abuelo Ratonquenstein corrió a **AYUDAR** a su nieta:

—¿Cómo te atreves a hablarle así?

—¡Era un invento genial! —aulló Amargosio.

—¡Era un espectáculo ABSURDO! —gritó el Abuelo Ratonquenstein.

—¡LOMBRIZ acatarrada!

—¡Te voy a MOMIFICAR!

—¡Inténtalo si te atreves!

Tenebrosa se metió entre los dos contendientes y llevó al abuelo de vuelta a su caseta.

—Cálmate, abuelito. En el fondo, Amargosio lleva algo de razón. Le hemos ESTROPEADO el espectáculo.

Pero el abuelo estaba muy enfadado:

—¡Lo voy a tirar de cabeza al estanque de las pirañas!

Mientras tanto, Geronimo trataba en vano de CALMAR a Amargosio:

—Encontrará usted una nueva atracción, lo ayudaremos, no se preocupe…

—Me voy —dijo Amargosio, muy furioso—. Los Tenebrax y los Rattenbaum nunca podremos ser amigos. ¡JAMÁS!

—¿A qué se refería? —preguntó Geronimo cuando el roedor DESAPARECIÓ entre la multitud.

—Es una vieja historia... —empezó a contar Escalofriosa.

—Con tres protagonistas —continuó Tenebrosa—. Los dos primeros son Lunario, el BISABUELO del Abuelo Ratonquenstein y Reginaldo, el BISABUELO de Amargosio...

—¿Y el tercero quién es? —preguntó Geronimo.

Escalofriosa y Tenebrosa respondieron a coro:

—¡UN NOGAL MISTERIOSO!

La Última Nuez

Tenebrosa empezó a relatar:

—Reginaldo Rattenbaum y Lunario Tenebrax eran íntimos AMIGOS, inseparables compañeros de mil AVENTURAS EXTRAORDINARIAS.

Crecieron juntos, COMPARTIENDO hasta el más ínfimo trozo de corteza de queso. Como vivían en fincas contiguas, la casa de uno siempre estaba a disposición del otro. Cuando eran jóvenes, ambos decidieron emprender un **larguísimo viaje** alrededor del mundo. Exploraron muchas tierras cercanas y lejanas, y acumularon objetos CURIOSOS y TESOROS...

—¿Y, finalmente, dónde han acabado todos esos tesoros? —preguntó Geronimo, con inmensa curiosidad.

—Los Tenebrax los conservaron —explicó Tenebrosa—, pero los Rattenbaum los dilapidaron en poco tiempo.

—¿Y qué tiene que ver el NOGAL con todo este asunto?

—Una tarde de invierno, mientras los dos volvían cansados de una larguísima excursión a los Montes del Yeti Pelado, se encontraron con un caminante que jadeaba **EXHAUSTO** a un lado del sendero. Reginaldo y Lunario lo ayudaron a recuperar las fuerzas con un sorbo de

ZUMO DE ARÁNDANOS, que llevaban en la cantimplora. Cuando se recuperó, el MISTERIOSO caminante les dio las gracias con palabras muy efusivas:

«Os estaré eternamente agradecido por lo que habéis hecho por mí. ¿Cómo puedo recompensaros?»

Lunario y Reginaldo se apresuraron a responder que no querían NADA, pero el caminante insistió en hacerles un regalo.

«Me gustaría obsequiaros con algo muy especial», y abrió una alforja muy vieja.

Cogió un SAQUITO y se lo tendió a los dos amigos.

«¿Qué es esto?», preguntaron a la vez Reginaldo y Lunario.

«Este saquito contiene una nuez especial, la NUEZ DE LA AMISTAD»,

¡Beba un poco!
¡Gracias!

les respondió el caminante. «Se llama así porque es el símbolo de la amistad verdadera».
Tras esas palabras, el caminante se alejó por el sendero y DESAPARECIÓ en la niebla, mientras los dos exploradores proseguían serenamente su camino.
Al regresar a Lugubria, Lunario y Reginaldo PLANTARON el fruto en el límite entre las dos fincas, como símbolo de que la AMISTAD entre las familias Tenebrax y Rattenbaum iba a ser para siempre. Transcurrieron muchísimos años, el nogal creció, ambos amigos pasaron a mejor vida y sus descendientes empezaron a PELEARSE.
«¡Este árbol pertenece a los Tenebrax!»
«¡Ni lo sueñes! ¡Es de los Rattenbaum!»
Las dos familias estaban tan ocupadas discutiendo, que acabaron por descuidar el árbol.
Al final, el nogal se SECÓ y con él todos sus frutos.

Sólo quedó una nuez, llamada la Última Nuez, colgada entre las ramas secas. Y ahí sigue. Únicamente **CAERÁ** cuando en una de las dos fincas puedan decir a qué familia pertenece en realidad el nogal, si a los **TENEBRAX** o a los **RATTENBAUM**.

¡Mimí! ¿Dónde estás?

—*¡Por mil quesos de bola!* ¡Una historia de primera página! —exclamó emocionado Geronimo, cuando Tenebrosa Tenebrax acabó su relato—. Pero ¿qué tiene de ESPECIAL ese nogal?

—Después te lo digo —susurró Tenebrosa—, es un secreto.

Mientras tanto, por la feria había corrido la voz de que, con su último invento, el Abuelo Ratonquenstein se había SUPERADO a sí mismo.

Todos los roedores y roedoras del Valle Misterioso querían ver las **NUBECILLAS** de colores.

Escalofriosa, abriéndose paso con dificultad entre la gente, propuso recorrer todas las ATRACCIONES de la feria.

Empezaron con el Tiro al ESQUELETO. Tenebrosa dio en la diana tres veces seguidas y ganó una pequeña MUÑECA en forma de momia.

En la Pesca Funesta, ganó una pareja de PIRAÑAS de colores.

—Son muy bonitas, tía —comentó contenta Escalofriosa—. Les ENCANTARÁ vivir en el Castillo de la Calavera, junto a las demás.

Después fueron a los Autos Fúnebres de Choque y también a la Caseta de los Monstruos. Y, finalmente, entraron varias veces en el Castillo del Terror.

Cuando subieron a la increíble Barca de las Palpitaciones, Geronimo estaba agotado. A cada balanceo se le ponía la cara más VERDE, hasta que al final... ¡SE DESMAYÓ!

—Eres blando como una VERRUGA, Geronimo —le reprochó Tenebrosa al bajar.

—BLANDENGUEBLANDENGUE BLANDENGUEBLANDENGUE —se burló Nosferatu.

Geronimo suspiró y preguntó, aturdido:
—¿Qué más nos que-queda por pro-probar?
—Hemos reservado para el final la mejor atracción —respondió Escalofriosa:
—¡La montaña rusa del Escalofrío!
—Terrorífica. ¡Vamos! —exclamó Tenebrosa.
Era una montaña rusa enorme y muy impresionante, en forma de CALAVERA, y unos pequeños SARCÓFAGOS cargados de roedores corrían sobre unas vías, que cruzaban la calavera a lo largo y a lo ancho. A la altura de los ojos, los sarcófagos desaparecían en un túnel, donde daban un TRIPLE SALTO mortal.
—Chicas, ¿no pretenderéis que subamos ahí? —se alarmó Geronimo.

Mientras observaba los vagoncitos que se sacudían arriba y abajo, su cara pasó en pocos segundos del blanco FANTASMA al verde MUSGO.

¡Yepaaaa!
¡Delicioso!

¡Uaaaaa!
¡Escalofriante!
MONTAÑA RUSA DEL ESCALOFRÍO
¡Glups!
¡Vamos, de prisa!
¡Fantástico!
¡Oh, oh!

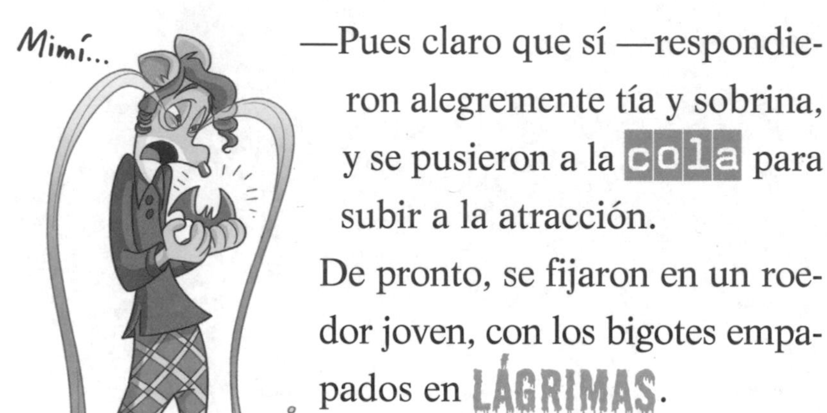

—Pues claro que sí —respondieron alegremente tía y sobrina, y se pusieron a la cola para subir a la atracción.

De pronto, se fijaron en un roedor joven, con los bigotes empapados en LÁGRIMAS.

—¡Mimí! ¿Dónde estás? —lloraba.

—Pobrecillo —se apiadó Escalofriosa—. Quizá haya perdido a su ANIMALITO de compañía...

—¿Será una tarántula, una avispa o una víbora escupitajosa? —se preguntó Nosferatu.

Tenebrosa se acercó al roedor y le preguntó con delicadeza:

—**¿QUÉ TE OCURRE?**

—He perdido a mi novia —dijo él, y estalló en sollozos—. Ha desaparecido dentro de la montaña rusa.

Luego, le echó los brazos al cuello y lloró DESESPERADO sobre su hombro.

—Mi novia Mimí y yo nos estábamos *divirtiendo* de lo lindo —contó—, pero cuando hemos entrado en el ojo izquierdo de la calavera, nos ha embestido una fuerte ráfaga de viento helado... SNIFF...

—Qué raro —comentó Tenebrosa—. ¿Y luego?

—Yo tenía miedo y he CERRADO los ojos. Cuando los he vuelto a abrir, me he llevado una terrible sorpresa: ¡Mimí ya no estaba!

El roedor le mostró a Tenebrosa un pasador para el pelo, en forma de murciélago.

—En el asiento sólo quedaba esto —explicó el joven—. Mi pobre Mimí lleva el pelo muy largo, tiene unos mechones preciosos, como

culebras vivas. Nunca se separa de su pasador favorito. ¡Mimí! ¿Dónde estás?

—**¡Tenemos que hacer algo!** —exclamó Geronimo.

—Sí —asintió Tenebrosa, pensativa—. Todo esto me huele a MISTERIO...

¡Es nuestro turno!

Tenebrosa Tenebrax se dirigió muy resuelta a la entrada de la montaña rusa, donde se EN-CONTRÓ con las trillizas Rattenbaum. Con ellas iba Andrés, su ciempiés, que cuando vio a Escalofriosa AGITÓ sus patitas de pura alegría.

La joven roedora le lanzó unos CARA-MELOS de moho de momia y Andrés se los tragó de un bocado.

En cambio, las trillizas no se alegraron en absoluto de ver a su eterna rival.

—Uf, la **ODIOSA** Tenebrosa —empezó Tilly.

—El abuelo nos ha dicho... —intervino Lilly.

—¡Que le habéis estropeado la atracción! —terminó Milly.

—¡Ha sido un **ACCIDENTE**! —protestó muy molesta, Tenebrosa.

—Es verdad —confirmó Geronimo—. He tropezado y me he caído encima de su Teatro de los Piojos, pero no lo he hecho adrede y ya me he disculpado.

—Pero... ¿tú no habías... —dijo Lilly.

—... ido a escalar... —continuó Milly.

—... el Pico Alarido? —preguntó Tilly.

Geronimo se SONROJÓ hasta la punta de los bigotes, pero Tenebrosa zanjó la cuestión:

—Debo subir a la montaña rusa ahora mismo, para averiguar qué ha sido de Mimí. ¡Dejadme pasar!

Las trillizas le cerraron el paso.

—¡NI HABLAR!

—¡NOS TOCA A NOSOTRAS!

—¡ES NUESTRO TURNO! —protestaron.

Un pequeño sarcófago VACÍO se detuvo ante ellas y las Rattenbaum saltaron a él con un GRITITO estridente. Andrés intentó quedarse fuera, pero las trillizas lo hicieron subir. En cuanto se abrocharon los cinturones de seguridad, el sarcófago salió disparado como un RAYO, por la vertiginosa pista de la calavera.

Primero PASÓ por los dientes, luego SUBIÓ por el cráneo y DESAPARECIÓ en el ojo derecho. Después BAJÓ por la nariz.

Desde el suelo, Tenebrosa no perdía de vista ni un solo instante a sus enemigas, que chillaban y se DIVERTÍAN.

En el asiento trasero, Andrés se tapaba los ojos con las patas.

—¡POBRE PEQUEÑO! —comentó Escalofriosa, preocupada.

El último tramo de la calavera era INVISIBLE desde el suelo. El pequeño sarcófago entraba en el ojo izquierdo, y luego daba TRES VUELTAS muy rápidas y, finalmente, empezaba el largo descenso hacia el exterior.

Tenebrosa esperó a ver asomar el sarcófago por el TÚNEL.

—¡Por el asma de mi abuelo fantasma! —exclamó al verlo aparecer—. Es en realidad lo que me imaginaba...

En el vagón en forma de sarcófago, sólo estaba el CIEMPIÉS, tapándose los ojos con las patitas temblorosas.

¡Tilly, Milly y Lilly habían DESAPARECIDO!

¡¡¡Estamos volando!!!
¿!¿Ziggi zigigi?!?*
*Traducción:
«¿Dónde se han
metido las trillizas
Rattenbaum?»

Vueltas y desapariciones

Tenebrosa ayudó a Andrés a bajar del sarcófago. El pobre ciempiés estaba a punto de sufrir un ataque de **TEMBLEQUE** y Escalofriosa le acarició la cabecita para calmarlo.

Tenebrosa quería saber más detalles y le preguntó al ciempiés:

—¿ZIGZIG ZIGI ZIGI?

Andrés le contestó:

—¡ZIGGI Z-ZIGGI!

—ZIG ZIGGÙ —de acuerdo, concluyó Tenebrosa Tenebrax.

Geronimo los miró PERPLEJO:

—¿Se puede saber qué ha dicho?

—Uf, Geronimucho, ya es hora de que aprendas el CIEMPIEDÉS. Andrés dice que no ha visto NADA, porque se moría de miedo y ha cerrado los ojos. Solamente sabe que al entrar en el ojo izquierdo de la calavera ha notado una RÁFAGA HELADA, como el aliento de un espectro...

—¿Un ESPECTRO? —se asustó Geronimo—. ¿Me estás diciendo que en el ojo de la montaña rusa hay un espectro?

—No lo sé —contestó Tenebrosa—, pero pienso DESCUBRIRLO en seguida.

Tenebrosa saltó dentro del pequeño sarcófago y Escalofriosa se sentó a su lado. Geronimo trató de hacerlas bajar TIRANDO de ellas.

—¡No podéis entrar ahí solas! ¡Ni hablar! ¡Es muy PELIGROSO!

—Tienes razón, Geronimucho. No vamos a entrar solas.

Y, en un segundo, Tenebrosa Tenebrax ató con una CUERDA la pata de Geronimo a su muñeca.

—¿Tenebrosa? Pero ¿qué has...? —farfulló Geronimo, confuso.

—¡Je, je, je! Debemos permanecer unidos, Geronimucho —rió Tenebrosa—. Ahora ya podemos irnos.

Cuando estaban a punto de partir, Amargosio Rattenbaum se abrió paso entre la gente, CHILLANDO como un vampiro ante una ristra de ajos.

—¡Tú! —vociferó en dirección a Tenebrosa—. ¡Dime dónde están mis adorables nietas!

Tenebrosa se alisó una arruga del vestido morado y respondió con MUCHA CALMA:

—No lo sé. Pero lo averiguaré en seguida.

En ese momento, el sarcófago SALIÓ disparado como un misil.

Escalofriosa aplaudió entusiasmada.

—¡ES DELICIOSAMENTE TERRORÍFICO!

—gritó, cuando el vagón empezó a zigzaguear por los raíles de la montaña rusa a una VE-LOCIDAD supersónica.

—¡Guau! ¡Esto es mejor que una excursión al CEMENTERIO! —comentó Tenebrosa, encantada—. ¿Te gusta, Geronimucho?

El escritor no respondió porque se había DESMAYADO. Pronto volvió en sí, pero en seguida empezó a sentirse mal.

—Mira, tía —dijo Escalofriosa—, Geronimo ha vuelto a cambiar de color. ¡Del verde ha pasado al AMARI-LLO!

—Igual que las nubecillas de color del abuelo —rió Tenebrosa.

De pronto, se puso seria:

—Y ahora... ¡atentos! Dentro de unos segundos **ENTRAREMOS** en el ojo izquierdo de la calavera.

Cuando el vagoncito entró en el túnel oscuro, Geronimo, sin poder evitarlo, balbuceó:

—Co-con e-esta oscu-curidad, aquí no se ve ni una corteza de...

De repente, Escalofriosa y su tía sintieron en el pellejo una ráfaga de **VIENTO GLACIAL** y un remolino que las aspiraba con fuerza por el cabello. Las jóvenes fueron **ABSORBIDAS** y, como Tenebrosa y Geronimo iban atados por la muñeca, el oscuro remolino también lo aspiró a él.

¡Qué raro!
¡Oooooooooh!
¡Socorroooooooo!

¡Atrapados!

Tenebrosa, Geronimo y Escalofriosa quedaron suspendidos un instante, antes de caer sobre algo BLANDO.

—¿Dónde estamos? —preguntó Escalofriosa, tratando de ponerse en pie, y CAYÉNDOSE de nuevo.

—No lo sé. Parece… la red de una cama elástica —exclamó Tenebrosa, aguzando la vista en la OSCURIDAD que los rodeaba.

—¿Cómo está Geronimo? —preguntó Escalofriosa, mientras empezaba a SALTAR sobre la red, divertida.

—Se ha desmayado. Pero sé cómo despertarlo. ¡Ahora verás!

Tenebrosa se inclinó sobre su amigo inconsciente, desató la cuerda y le puso la CAJITA del Abuelo Ratonquenstein delante del morro. Geronimo se despertó con una serie de ESTORNUDOS. Pequeñas nubecillas de colores iluminaron el espacio que los rodeaba.

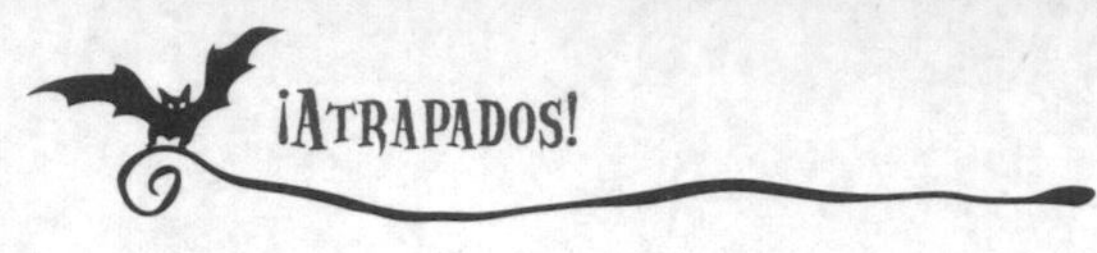

A la luz de los estornudos de Geronimo, vieron que estaban en una red colocada en el centro de la estructura que sostenía la calavera GIGANTE de la montaña rusa.

Tras el quinto y último estornudo de Geronimo, el lugar volvió a quedar sumido en la tremenda oscuridad.

En el silencio, sólo se oían los dientes de Geronimo CASTAÑETEANDO por el canguelo.

—¿Cómo bajaremos de aquí? —balbuceó.

Tenebrosa estaba a punto de responder, pero entonces se oyó un chasquido y, de repente, la RED se cerró en torno a ellos.

—¡Por mil tarántulas tarantuladas! ¡Ahora sí que estamos ATRAPADOS! —exclamó Escalofriosa.

Sus palabras quedaron ahogadas por un sonido, una especie de ZUMBIDO que interrumpía el silencio a intervalos regulares. El rumor se fue acercando, hasta llegar muy cerca de la RED.

—¿Qué se-será? —tartamudeó Geronimo.

¡FLAP! ¡FLAP! ¡FLAP!

—Reconocería este batir de alas en cualquier parte —gritó llena de alegría, Tenebrosa—. ¡Es Nosferatu!

—¡Hola, Tenebrosa! ¡Hola, Escalofriosa! —rió en la oscuridad, el murciélago doméstico de los Tenebrax.

—Nosferatu, ¿cómo nos has encontrado?

El murciélago VOLÓ en torno a la red.

¡Soy yo!
¡Mira, tía!
¡Menos mal!

—Al ver que no salíais de la montaña rusa, he entrado a BUSCAROS. En el ojo izquierdo de la calavera he oído vuestras voces, que venían de abajo, y he visto las nubecillas LUMINOSAS...

—¡Gracias, murcielaguito mío! —aplaudió Tenebrosa, muy contenta.

Pero Nosferatu no había terminado:

—Eso no es todo. Os he traído una SORPRESITA...

Tenebrosa alargó una pata a través de la red y el murciélago dejó caer algo entre sus manos.

—Pero si es... ¡el ESCORPIÓN CORTATODO! Uno de los monstruos del Abuelo Ratonquenstein. Es capaz de cortar todo tipo de CUERDAS.

Tenebrosa cogió al monstruito y cortó las mallas de la red. A continuación, los tres cayeron al suelo.

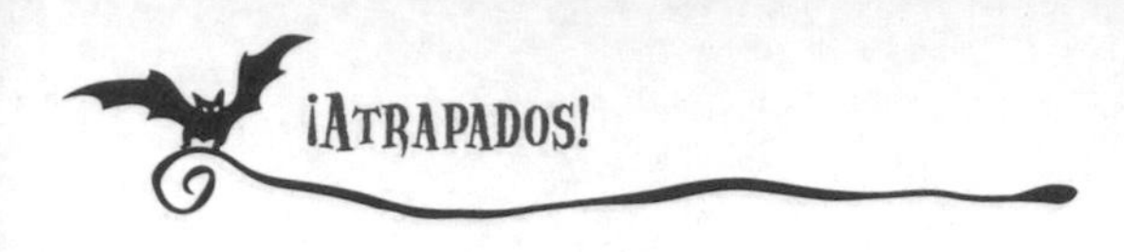

Mientras Tenebrosa intentaba sacudirse el polvo del vestido, Nosferatu gritó:

—¿Y tú no tienes nada para mí, Tenebrosilla?

—Pues sí… ¡CARAMELOS de gusanitos picantes! Siempre llevo un puñado en el bolsillo —rió ella, LANZÁNDOLE uno.

Nosferatu lo atrapó al vuelo.

—¡ÑAM! ¡SON MIS PREFERIDOS!

EN BUSCA DE PRUEBAS

Tenebrosa, Geronimo, Escalofriosa y Nosferatu INSPECCIONARON palmo a palmo el toldo negro que cubría la base de la calavera.

Tras unos minutos, que se hicieron eternos, la joven Escalofriosa gritó:

—¡Mira, tía, aquí el toldo está ROTO!

Entonces el grupo cruzó la abertura rápidamente y salió, sin pensárselo dos veces, al exterior.

—¡POR FIN! —suspiró Geronimo—. Pero… ¿dónde estamos?

—En la parte trasera de la Montaña Rusa del Escalofrío —respondió Tenebrosa—. Y ahora busquemos...

—¡AY! —gritó de pronto el escritor, saltando a la pata coja—. Me he PINCHADO con algo.

Tenebrosa se acercó y vio que su amigo se había clavado en la pata un PASADOR para el pelo, adornado con un escarabajo y con las iniciales T.R.

—¡Ah, ah! ¡Lo sabía!

—¿El qué? —preguntó Geronimo.

—Que encontraríamos algún RASTRO de las trillizas —contestó Tenebrosa, triunfante.

—¿Y qué tienen que ver las trillizas con todo esto?

Tenebrosa puso los ojos en blanco:

—Ay, Geronimucho... ¿estas **INICIALES** no te dicen nada?

Él se rascó la barbilla, pensativo:

—T.R. Quizá se refieran a Tomás Roeder, el famoso **POETA** escalofriante.

Tenebrosa negó con la cabeza.

—Mmm... o a Teobaldo Ratolucci, el gran director de **PELÍCULAS** de terror.

—Piensa en otro nombre, tontorrón —se burló Nosferatu.

—¡Ya lo tengo! —exclamó Geronimo—. Timothy Ratking, el célebre escritor de novelas de miedo.

—¡No! ¡TILLY RATTENBAUM! —gritó Escalofriosa, desesperada.

—¡Claro! ¿Cómo no se me ha ocurrido antes? Pero ¿qué hace aquí el PASADOR de Tilly?

—Evidentemente, las trillizas han pasado por aquí —explicó Tenebrosa—. Vamos a registrar la zona, en busca de otras PISTAS.

Más adelante, vieron un objeto brillante. Era otro pasador para el pelo con las iniciales L.R.

—LILLY RATTENBAUM. Vamos por buen camino.

—Mirad allí, junto a la tapa de la ALCANTARILLA —dijo Escalofriosa.

Tenebrosa recogió una diadema, con las iniciales M.R.

—Es de MILLY. Muy bien... ¡Bajemos por aquí!

—¿Quééé? —preguntó Geronimo, bastante PREOCUPADO.

—Lo que has oído, Geronimucho —replicó Tenebrosa, muy decidida—. Vamos a BAJAR a la alcantarilla.

En la tapa de la alcantarilla leyeron:

¡PROHIBIDO ABRIRLA!

—Deben de haber entrado aquí. Yo bajo —insistió Tenebrosa, muy resuelta—. Querido Nosferatu, baja tú primero, que sabes orientarte en la OSCURIDAD.

El murciélago se metió en la alcantarilla y gritó:

—¡Venid! Hay una ESCALERA.

Tenebrosa y su sobrina bajaron una tras otra. Geronimo echó un vistazo al oscuro agujero y tragó saliva, ASUSTADO.

—Vamos, Geronimucho, DATE PRISA. ¿O bien prefieres darte una vueltecilla por el Castillo del Terror?

Geronimo empezó a bajar. La escalera llevaba a un pasillo HÚMEDO y **ESTRECHO**, que los tres recorrieron a tientas, siguiendo una luz que se veía a lo lejos. Se filtraba a través de una puerta entornada, que Tenebrosa ABRIÓ de par en par.

—¡Por mil momias momificadas! —exclamaron al unísono ella y Escalofriosa.

—Pero... pero... ¿se puede saber dónde nos hemos metido? —añadió angustiado, Geronimo.

En las paredes de la estancia había ESPEJOS de todos los tamaños. Parecía un almacén abandonado.

—¡Guau! ¡Qué divertido!

—exclamó Escalofriosa, reflejada en un bonito espejo oval que AGRANDABA las imágenes.

Mientras Geronimo y ella se divertían mirándose en los espejos y haciendo MUECAS, Tenebrosa inspeccionó el lugar.

—¿Qué es esto? —murmuró y se agachó para mirar unos objetos abandonados en el suelo.

Recogió un frasco de tinte para el pelo y un rulo.

—Hum... qué interesante...

En ese momento, Geronimo, que saltaba primero con una pierna y luego con la otra delante del espejo DEFORMANTE, perdió el equilibrio y chocó contra la pared.

—¡Ay! —exclamó.

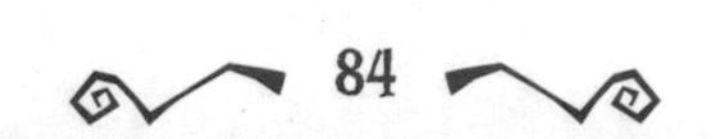

El espejo que cubría aquel punto hizo un CLIC y giró inesperadamente, revelando una puerta oculta.

—¡Muy bien, Geronimucho! Esta vez has hecho algo BUENO —le dijo Tenebrosa, apresurándose a abrir la puerta.

Detrás encontraron una estancia llena de cajas, maniquíes, sillones y periódicos.

En el centro, sobre una pila de revistas, había un enorme TARRO de cristal.

—¡Ahí dentro hay algo! —gritó Escalofriosa.

—Esto no me lo esperaba —comentó Tenebrosa, acercándose.

Dentro del tarro, tendido sobre un cómodo lecho de algas, dormía plácidamente un CANGREJO con unas grandes tenazas de color escarlata.

—Pero... ¿qué pinta en este ALMACÉN abandonado un cangrejo dentro de un tarro? —preguntó Geronimo, perplejo.

¡Qué sitio tan raro!
¡Mirad aquí!
¡Un cangrejo!

—Lo mismo me estoy preguntando yo —repuso Tenebrosa.

El cangrejo abrió un ojo y se desperezó.

—Tía, mira qué tenazas —señaló Escalofriosa, asustada—. Parecen TIJERAS.

Efectivamente, los extremos de las patas del cangrejo eran afilados como verdaderas CUCHILLAS.

—Excelente observación, sobrinita —la felicitó su tía—. Tal como me decía mi INTUICIÓN, no es un cangrejo como los demás...

—¿No? —se sorprendió Geronimo—. ¿Y qué tiene de **ESPECIAL**?

—Uf, es que no te enteras —resopló Tenebrosa—. Hasta Kafka sería capaz de reconocerlo: es un ejemplar de los famosos CANGREJOS PELUQUEROS.

—¡Mira, tía! En el tarro hay una TARJETA de visita —señaló Escalofriosa.

Y leyó en voz alta:

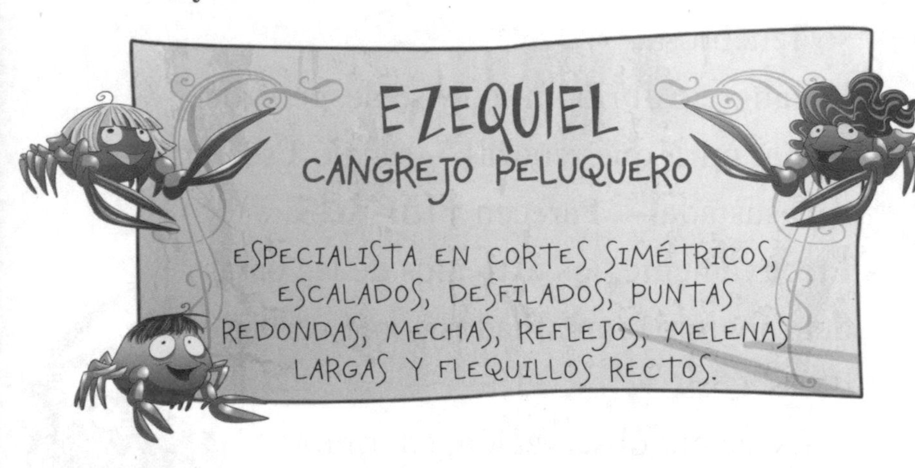

Tenebrosa se acercó al cangrejo y le preguntó:

—¿TIRITUTI TAG?

El cangrejo respondió bostezando:

—¿TARITERI TIG?

—¡TOG! —concluyó Tenebrosa.

—No me digas que también hablas su lengua —saltó Geronimo.

—En el Valle Misterioso todo el mundo habla **CANGREJÉS**. Tú también deberías aprenderlo —especificó Escalofriosa—. Ezequiel ha dicho que lo **TRAJERON** aquí en plena noche y que no sabe por qué...

Tenebrosa se alisó el largo cabello y dijo:

—Pues creo que aprovecharé para cortarme las **PUNTAS**.

—Yo también —aprobó Escalofriosa, con mucho entusiasmo.

En ese momento, desde detrás de una pila de cajas, oyeron unas voces estridentes:

—¡EH, VOSOTROS!

—¡ESTAMOS AQUÍ!

—¡AYUDADNOS!

Geronimo exclamó:

—¡Las trillizas Rattenbaum! Por fin las hemos encontrado.

Un fantasma sospechoso

Tenebrosa se abrió paso entre las cajas y finalmente descubrió unos sillones dc peluquería. Las Rattenbaum y otra chica estaban sentadas en ellos, con las cabezas metidas en secadores de CASCO y las muñecas ATADAS a los brazos de los sillones, con cintas para el pelo.

—¡Lo sabía! —dijo Tenebrosa Tenebrax, con aire triunfal.

Por una vez, las trillizas Rattenbaum parecían alegrarse de verla.

—¡TENEBROSA! —gritó Tilly.

—¡HAS VENIDO... —sollozó Milly.

—...A LIBERARNOS! —murmuró Lilly.

Por detrás de las cajas también asomaron Geronimo, Escalofriosa y Nosferatu.

—¡Geronimo! —chillaron las trillizas—. Has venido a salvarnos... ¡ERES UN HÉROE!

Tenebrosa resopló y DESATÓ las cintas que ataban a las chicas.

—Tú eres Mimí, ¿verdad? —le preguntó a la cuarta chica, que tenía el pelo negro y largo.

—¿Cómo lo sabes? —respondió la muchacha, SORPRENDIDA.

—Hemos visto a tu NOVIO —le explicó Geronimo, acercándose—. Lloraba tanto que...

—... le han crecido SETAS en los párpados —concluyó Escalofriosa.

—¿Cómo habéis terminado aquí? —preguntó Tenebrosa, frunciendo el ceño.

—Estábamos en el ojo izquierdo de la CALAVERA —respondió Tilly.

—Y un VIENTO GÉLIDO nos ha absorbido —explicó Milly.

—El fantasma Rulo nos ha atrapado en una red… —continuó Lilly.

—Y entonces ha metido a las trillizas en una enorme FURGONETA, como ha hecho conmigo —prosiguió muy angustiada Mimí—, para sacarlas de la feria de los horrores sin llamar la atención. Luego, nos ha obligado a bajar por la alcantarilla y, finalmente, nos ha dejado aquí PRISIONERAS.

—¿El fantasma Rulo? —preguntó Escalofriosa—. ¿Y cómo es?

—Es altísimo —contestó Mimí—, SECO y largo como un ciprés.

Tenebrosa estaba perpleja:

—Nunca se ha visto un fantasma que conduzca una furgoneta…

—Pues yo sigo sin entender qué pinta aquí un CANGREJO peluquero —insistió Geronimo.

—Ya lo averiguaremos. De momento, vamos a liberarlas y MARCHARNOS de aquí.

Pero cuando volvieron al otro lado de las cajas, se llevaron una terrible sorpresa.

El tarro de Ezequiel estaba VACÍO.

Una escena estremecedora

—¡Quieeetos ahí! —ordenó una voz cavernosa detrás del grupo.

—¡AAAAHHHHHHHH!

—gritó Geronimo, aterrorizado.

—¡AAAHHHHHHH!

—gritaron a más no poder las trillizas.

Un FANTASMA alto y flaco como un chopo seco, surgido de la nada, avanzaba hacia ellos blandiendo el cangrejo peluquero con aire amenazador.

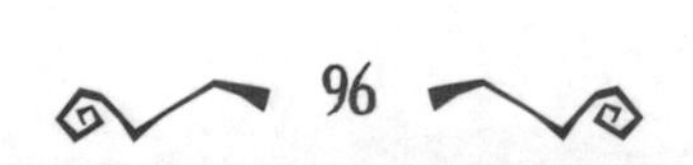

—Soy el fantasma Rulo —aulló en tono espectral—. Y a partir de ahora todos sois mis prisioneros.

—¡Suelta ahora mismo a Ezequiel, fantasmucho de poca monta! —gritó Tenebrosa.

El fantasma se RIÓ en tono despectivo:

—Ni lo sueñes. Si queréis que os deje libres, tenéis que hacer lo que yo os diga.

—¡Ni hablar! —replicó Tenebrosa, FULMINÁNDOLO con la mirada. Pero luego empezó a sentir curiosidad y añadió—: ¿Y qué tendríamos que hacer exactamente?

El fantasma avanzó unos pasos, abriendo y CERRANDO las tijeras de su enorme cangrejo.

—Tenéis que CORTAROS el pelo. Todos vosotros, sin excepción —sentenció malhumorado el fantasma.

Tenebrosa y su sobrina estallaron en grandes CARCAJADAS.

Temblad... ¡Voy a cortaros el Pelo!

¡Ji, ji, ji! Menudo miedo...
¡Esta sí que es buena!
¡Ja, ja!
¿Quéééé?
¡Un fa-fantasma!
¡De eso nada!

—¡Por mil cadáveres en salmuera! Es la petición más CÓMICA que he oído.

—¿Para qué quieres nuestro **PELO**? —le preguntó Mimí.

En vez de responder, el fantasma se dirigió a las trillizas y declaró:

—¡EMPEZARÉ CON VOSOTRAS TRES!

Las Rattenbaum se cruzaron de brazos.

—¿Cortarnos la **MELENA**? —gritó Lilly.

—¡De eso nada! —chilló Milly.

—Antes nos quedamos aquí abajo... —dijo Lilly.

—¡TODA LA VIDA! —concluyeron las tres al unísono.

Quien a hierro mata...

Frente a la rebelión de las trillizas, el fantasma se quedó **INMÓVIL** como una momia. Tenebrosa aprovechó para pillarlo por sorpresa y quitarle el cangrejo de la mano.

—¡FUERA LA SÁBANA!

—gritó la roedora, utilizando las pinzas en forma de tijeras de Ezequiel, para cortar la tela blanca que cubría al fantasma—. Quien a hierro mata... ¡a hierro muere!

Con unos pocos cortes muy **LIMPIOS**, Tenebrosa descubrió la verdadera identidad del fantasma.

—¡Por mil momias momificadas! —exclamó Escalofriosa, atónita—. Pero si es…

—¡RATINA MELENÓN! —gritaron a coro las trillizas y Mimí.

Delante de ellas, vieron a una roedora con un interminable MOÑO en la cabeza.

—¿Y quién es? —preguntó Geronimo, curioso.

Las trillizas lo miraron como si llegara de un planeta desconocido.

—TODO el mundo sabe quién es Ratina —declaró Lilly, estupefacta.

—Es la PELUQUERA más famosa de Horrywood —añadió Milly.

—Peina a todas las CELEBRIDADES —explicó Tilly.

—Tenía mis sospechas que era ella —comentó Tenebrosa, acariciando al cangrejo Ezequiel. Luego añadió en tono AMENAZADOR—: Lo que no entiendo es por qué has hecho todo esto.

Ratina la miró intimidada, y entonces empezó a lloriquear:

—Estoy arruinada... ¡ARRUINADA!

Tenebrosa Tenebrax le dijo entonces en tono más conciliador:

—¿Por qué no nos lo cuentas todo?

Y la roedora empezó a hablar:

—Estoy trabajando... SNIFF... en el plató de la película «Espectros en la tormenta»... SNIFF... de Rabita Filmix.

—Sí, he oído hablar de ella —asintió Tenebrosa—. La protagonizan los famosos Robert Rattinson y Kristen Mousart.

Ratina dejó de LLORAR y se puso FURIOSA.

—No me nombres a esas ratas de alcantarilla. Todo es culpa de ellos.

—¿Por qué? —preguntó Tenebrosa.

—Llevo meses trabajando en sus PEINADOS, y ahora resulta que en la escena principal tienen que llevar unas PELUCAS muy largas de color nube de tormenta. ¡Y pretenden tenerlas para mañana!

—¡Por eso querías nuestro pelo! —exclamó enfadada, Escalofriosa.

—No tenía elección —repuso Ratina, llorando—. La única solución para confeccionar rápidamente... **SNIFF**... unas pelucas de ese color... **SNIFF**... era utilizar gran cantidad de pelo de verdad y teñirlo de gris...

Luego añadió, muy afligida:

—Estaba desesperada, pero cuando he visto... **SNIFF**... a todas estas muchachas con el pelo largo, haciendo cola para subir a la montaña rusa... **SNIFF**... se me ha ocurrido la idea...

—¿Y cómo has podido capturarnos? —preguntó Tenebrosa.

—He usado un **SECADOR GIGANTE** —explicó Ratina, sonrojándose—, que he encontrado en el plató de la película «Monstruos bien peinados». Lo he trucado para que en vez de secar el pelo, lo aspirara, y he colocado una red para atrapar a las chicas...

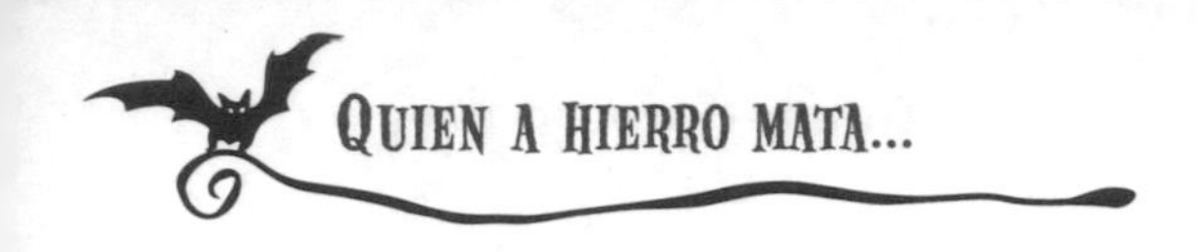

—¡Y así es como las has traído aquí! —concluyó Tenebrosa.

—LO SIENTO MUCHO... Sólo quería vuestro pelo. Si no consigo pronto las pelucas para la película... SNIFF... mi carrera cinematográfica está acabada.

—Pobrecilla —dijo Escalofriosa, CONMOVIDA—. Se ha equivocado, pero ahora lo lamenta... Y está metida en un buen lío...

—Chicas, ¿no podríamos ayudarla? —propuso Geronimo.

—Creo que sí —RIÓ Tenebrosa—. Se me ha ocurrido una idea, pero tenemos que volver rápidamente a la feria.

ESTORNUDOS DE FELICIDAD

Geronimo se moría de ganas de poder salir de, una vez por todas, de allí.

—Y ahora vayámonos dc este... de este... ¿qué es este lugar, exactamente?

—Es el ALMACÉN de mi peluquería —contestó Ratina, algo más animada—. SEGUIDME.

Cuando entraron en la estancia de al lado, les explicó:

—Ésta es mi colección de ESPEJOS —dijo—. Para traer a las chicas aquí, sin que nadie me viera, he utilizado el pasadizo secreto que estaba oculto por la tapa de la alcantarilla.

Hizo saltar el resorte de un espejo que escondía una puerta:

—¡Mirad! Por este sitio se accede directamente a la PELUQUERÍA.

El grupo avanzó por la escalera y entró en «Cabellera Espectral», el salón de belleza más chic de Lugubria.

—Ratina, ¿nos arreglas un poco el FLEQUILLO? —le pidieron las trillizas, extasiadas.

Pero Tenebrosa tenía otros planes:

—Ahora no. Volvamos a la feria.

Tenebrosa Tenebrax fue directa al pequeño teatro de la Abuela Cripta, donde las ARAÑAS seguían con sus bailes desenfrenados. La chica se llevó a la abuela aparte y le susurró algo al oído.

—Por descontado, querida —sonrió la Abuela Cripta—. Sólo serán cinco minutos.

La abuela DIO tres palmadas y las arañas se pusieron firmes. Luego, empezaron a TEJER una tela prodigiosa.

La tela creció, se transformó en una capa plateada y, a los pocos minutos, aparecieron dos pelucas grises larguísimas y brillantes.

Ratina Melenón se puso a saltar de felicidad.

—¡Me habéis salvado la piel! —exclamó, abrazando efusivamente a Tenebrosa.

Pero la chica tenía otra MISIÓN que cumplir, y corrió hacia la montaña rusa con Mimí.

Allí estaba el novio de Mimí, **EMPAPADO** en lágrimas. Cuando la vio, casi se **DESMAYA** de alegría.

—¡Mi querido Ratolfo! —dijo Mimí, corriendo alegremente hacia él.

—¡Todo arreglado! —dijo Tenebrosa y se fue ***CORRIENDO***. Escalofriosa, Geronimo y las trillizas la seguían jadeando.

—¿Y ahora… adónde… PANT… vamos? —se lamentó el escritor.

Tenebrosa siguió corriendo sin responderle. Sólo se DETUVO al llegar ante la caseta dc Amargosio Rattenbaum.

—¡ABUELO, YA HEMOS VUELTO! —lo abrazó Milly.

—¡SANAS Y SALVAS! —añadió Lilly.

—¡TODO GRACIAS A TENEBROSA! —acabó Tilly.

El roedor estaba muy *contento* de ver a sus nietas, pero ni siquiera miró a la cara a su salvadora. Pese a todo, Tenebrosa Tenebrax tenía alguna cosa para él:

—Señor Rattenbaum, lamento mucho haber ESTROPEADO su atracción. Pero tengo algo para compensárselo.

Y dejó a Ezequiel en el mostrador de la caseta.

—Es un cangrejo peluquero muy HÁBIL —dijo, antes de irse—. Si consigue hablarle con

buenas maneras, quizá lo convenza para que les corte el pelo gratis a los visitantes de su caseta.
Las trillizas se **SONROJARON** y miraron a Tenebrosa mientras se alejaba.
—Tenebrosa será odiosa...
—... pero hay que reconocer que también es...
—... **¡GENEROSA!** —terminaron a coro.
Pero Amargosio las mandó callar:
—Basta de tanta charla, pongámonos a trabajar. Gracias al **CANGREJO**, nuestra caseta será la que atraerá a más gente.
Entretanto, Tenebrosa había regresado a la caseta de los Tenebrax, donde todos estornudaban alegremente.

Había tantísimas nubecillas de colores que las TINIEBLAS de la noche no caían sobre Lugubria.

—Y ahora ha llegado el momento de montar en la montaña rusa —propuso Tenebrosa, tras el enésimo ESTORNUDO.

Geronimo palideció:

—¿No has tenido bastantes ESCALOFRÍOS por hoy?

—¡Nada de eso, Geronimucho! —sonrió la chica.

¡En Lugubria NUNCA nos cansamos de los escalofríos!

JUEGOS PARA GRITAR
Abuelo...
¡A trabajar!

LOS POETAS FÚNEBRES
FIESTA ZOMBI
LAS MOMIAS ARRUGADAS
¡Los escalofríos no terminan nunca!

¡NADA QUE CORTAR!

Mientras leía la última frase de la novela, me tembló un poco la voz. ¡Cuántos recuerdos! **¡Y CUÁNTOS ESCALOFRÍOS!**

En la barbería, el silencio duró varios minutos. Hortensio Trespelos fue el primero en romperlo. Primero movió las **TIJERAS** en el aire, luego agitó el peine y, al final, exclamó:

—¡MAGNÍFICO! **¡SUPERRATÓNICO!**

Fue como si hubiese dado vía libre a los aplausos. Todos empezaron a vitorear y exclamar, **ENTUSIASMADOS**:

—¡Es superratónico! ¡Tenemos que publicarla en seguida!

—¡Yo quiero tres ejemplares!

—¡Yo diez!

Luego, Hortensio Trespelos me indicó que me sentara frente al ESPEJO. Yo negué con la cabeza y me dirigí a la salida: aún me zumbaban los bigotes de MIEDO, al recordar la última AVENTURA… ¡No quería saber nada de peines y tijeras!

Además, mis bigotes podían esperar una semana más, pero la publicación del libro no. Con el MANUSCRITO sujeto con fuerza entre las patas, me encaminé a la redacción de *El Eco del Roedor*.

—Traigo la nueva novela de mi querida amiga Tenebrosa Tenebrax. Hay que IMPRIMIRLA de inmediato.

Mis colegas de la redacción miraron las hojas y preguntaron:

—¿La imprimimos así? ¿No tenemos que añadir ni cortar nada?

—Nada que **AÑADIR** y, sobre todo, nada que **CORTAR** —les dije, riendo—. Los libros de Tenebrosa Tenebrax son perfectos tal como están. ¡Son los **RATSELLERS** de terror más superratónicos de todos los tiempos!

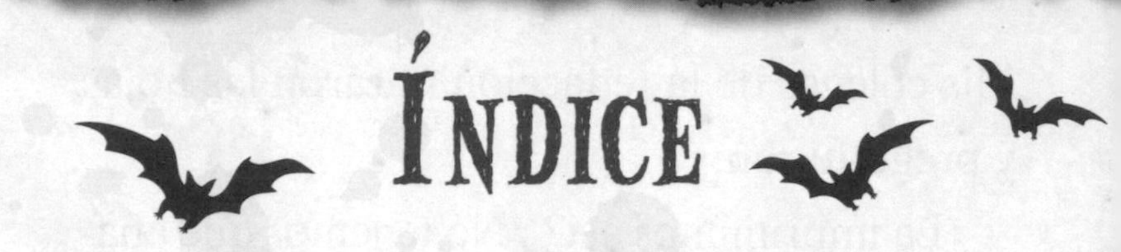

ÍNDICE

1. Monte del Yeti Pelado
2. Castillo de la Calavera
3. Árbol de la Discordia
4. Palacio Rattenbaum
5. Humo Vertiginoso
6. Puente del Paso Peligroso
7. Villa Shakespeare
8. Pantano Fangoso
9. Carretera del Gigante
10. Lugubria
11. Academia de las Artes del Miedo
12. Estudios de Horrywood

VALLE MISTERIOSO

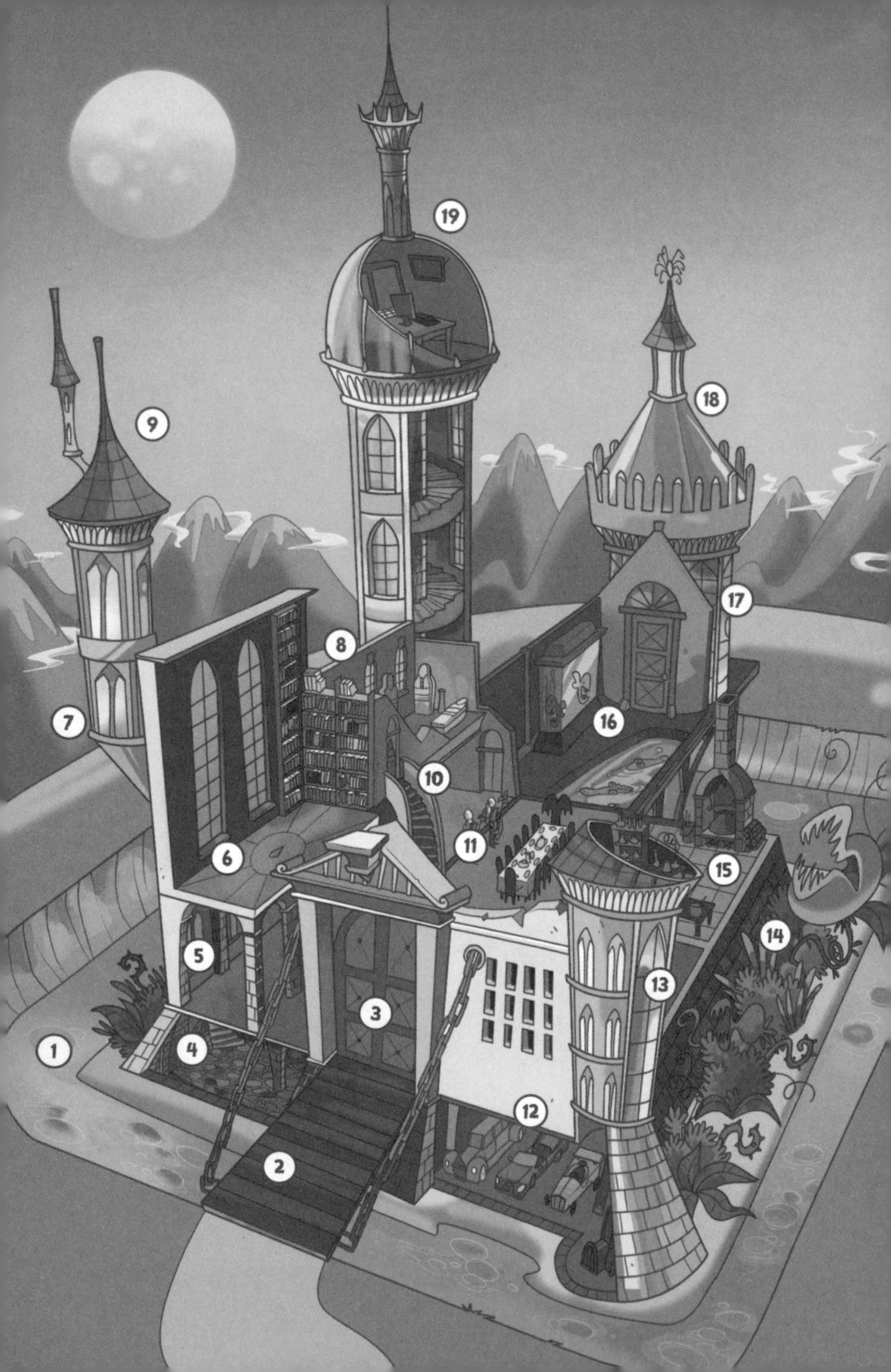
1
2
3
4
5
6
7
8
9
10
11
12
13
14
15
16
17
18
19

CASTILLO DE LA CALAVERA

1. Foso lodoso
2. Puente levadizo
3. Portón de entrada
4. Sótano mohoso
5. Portón con vistas al foso
6. Biblioteca polvorienta
7. Dormitorio de los invitados no deseados
8. Sala de las Momias
9. Torreta de vigilancia
10. Escalinata crujiente
11. Salón de banquetes
12. Garaje para los carros fúnebres de época
13. Torre encantada
14. Jardín de plantas carnívoras
15. Cocina fétida
16. Piscina de cocodrilos y pecera de pirañas
17. Habitación de Tenebrosa
18. Torre de las tarántulas
19. Torre de los murciélagos con artilugios antiguos

Geronimo Stilton

Marca en la casilla correspondiente los títulos que tienes de todas las colecciones de Geronimo Stilton:

Colección Geronimo Stilton

- ❒ 1. Mi nombre es Stilton, Geronimo Stilton
- ❒ 2. En busca de la maravilla perdida
- ❒ 3. El misterioso manuscrito de Nostrarratus
- ❒ 4. El castillo de Roca Tacaña
- ❒ 5. Un disparatado viaje a Ratikistán
- ❒ 6. La carrera más loca del mundo
- ❒ 7. La sonrisa de Mona Ratisa
- ❒ 8. El galeón de los gatos piratas
- ❒ 9. ¡Quita esas patas, Caraqueso!
- ❒ 10. El misterio del tesoro desaparecido
- ❒ 11. Cuatro ratones en la Selva Negra
- ❒ 12. El fantasma del metro
- ❒ 13. El amor es como el queso
- ❒ 14. El castillo de Zampachicha Miaumiau
- ❒ 15. ¡Agarraos los bigotes... que llega Ratigoni!
- ❒ 16. Tras la pista del yeti
- ❒ 17. El misterio de la pirámide de queso
- ❒ 18. El secreto de la familia Tenebrax
- ❒ 19. ¿Querías vacaciones, Stilton?
- ❒ 20. Un ratón educado no se tira ratopedos
- ❒ 21. ¿Quién ha raptado a Lánguida?
- ❒ 22. El extraño caso de la Rata Apestosa
- ❒ 23. ¡Tontorratón quien llegue el último!
- ❒ 24. ¡Qué vacaciones tan superratónicas!
- ❒ 25. Halloween... ¡qué miedo!
- ❒ 26. ¡Menudo canguelo en el Kilimanjaro!
- ❒ 27. Cuatro ratones en el Salvaje Oeste
- ❒ 28. Los mejores juegos para tus vacaciones
- ❒ 29. El extraño caso de la noche de Halloween
- ❒ 30. ¡Es Navidad, Stilton!
- ❒ 31. El extraño caso del Calamar Gigante
- ❒ 32. ¡Por mil quesos de bola... he ganado la lotorratón!
- ❒ 33. El misterio del ojo de esmeralda
- ❒ 34. El libro de los juegos de viaje
- ❒ 35. ¡Un superratónico día... de campeonato!
- ❒ 36. El misterioso ladrón de quesos
- ❒ 37. ¡Ya te daré yo karate!
- ❒ 38. Un granizado de moscas para el conde
- ❒ 39. El extraño caso del Volcán Apestoso
- ❒ 40. Salvemos a la ballena blanca
- ❒ 41. La momia sin nombre
- ❒ 42. La isla del tesoro fantasma
- ❒ 43. Agente secreto Cero Cero Ka
- ❒ 44. El valle de los esqueletos gigantes
- ❒ 45. El maratón más loco
- ❒ 46. La excursión a las cataratas del Niágara
- ❒ 47. El misterioso caso de los Juegos Olímpicos
- ❒ 48. El Templo del Rubí de Fuego
- ❒ 49. El extraño caso del tiramisú
- ❒ 50. El secreto del lago desaparecido
- ❒ 51. El misterio de los elfos
- ❒ 52. ¡No soy un superratón!
- ❒ 53. El robo del diamante gigante